다른 오늘

다른 오늘

■

김상출 시집

한티재

차 례

5부

1부

다른 오늘

기억 속 그날로
꼭 들어가고 싶다

그날에 닿으면
먼발치에서부터
뒤꿈치가 저릿거리고
잘못 들어섰던 길섶에서는
삿대질이 무성하겠지

우선
무릎 꿇고
오늘까지를 빌겠다

그리고
방향을 바꾼 다음
눈물 나고 외로워도
다른 오늘로 올 것이다

세월을 만나다 1

풍기읍 기주로 46번길 20
색 바랜 우편함은 오래 비어 있고
대문간 곁에서 칠십여 년을 살아온
늙은 감나무도 힘이 부치는지
열매 하나 달지 못했다
때깔 좋은 주먹만 한 감을
아무래도 올해는 보기 글렀다

대문짝 판자 아랫도리는 모지라지고
기둥도 근력이 달려 비스듬히 기울었다
토방마루에 포개진 빈 박스 네댓
늙은 개는 날 멀거니 쳐다보다
다시 느릿느릿 똬리를 튼다

추녀 끝을 비집고 내려온 햇살이
해바라기하는 집주인 흰머리를 거쳐
골목까지 겨우 나와 졸고 있다

세월을 만나다 2

마루에 놓인 빈 박스는
서너 켜 더 올라가 있고
우편함에는 오랜만에
KT 요금고지서가 담겼다
늙은 개는 짖어보려고
두어 번 목을 추스르다 그만둔다

주인은 보이지 않고
이웃집 벽을 타고 오르는 나팔꽃들
초가을 따가운 햇살에
있는 대로 늘어졌다

목울대 언저리에 그렁그렁 걸리던
영감의 잔기침 소리도 없이
완벽한 적막이다

세월은 저 아득한 어디에서
이렇듯 기막힌 적막을 데려와

모지라진 대문짝 밑으로
슬며시 밀어놓고 홀로 가버렸다

세월을 만나다 3

시골 처가 담벼락 옆
처조부님 소싯적 심으셨다는
팔순을 훌쩍 넘기셨을
벚나무 한 그루

덩그런 몸뚱이에 기댄
잔가지만 몇 올 남아
근근이 해를 넘기시는데
그래도 사월이면 어김없이
꽃 피워 올리신다. 힘껏

부끄러움은 세월에 맡긴 지 오래
올해도 맨몸으로 양껏 흐드러져서
잉잉거리는 벌떼 가득 모아놓고는
잇몸 드러내 헤벌쭉 웃으시다가
어때? 하신다.

아지랑이 탓

햇살이,
그러니까 햇살이 말야
봄이다 봄, 봐 봄이라니까
이러며 마구 떠들면서
윽박지르듯 쏟아져 내리는 마루에서
성희 시인 시집을 읽었어

그러다가 얼핏 정말로 얼핏
책장 위로 어른거리는
아지랑이 그림자를 본 거야 분명히
그래서 눈물이 났던 거라니까

괜찮아? 괜찮지*
날이 따시니까 괜찮은 거야
그~럼

* 『괜찮아 괜찮지』는 성희 시인의 첫 시집.

그러니까 내말은

눈물이 흘러나오는 길 따라
그 안쪽 끝까정 들어가보믄
거기 분명 작은 읍내에 어울릴 법한
이쁜 간이우체국이 하나 있을 거여

자네가 이래 몇 날 며칠 우는 거는
거기서 자꼬 슬픈 편지를 쓰고 있는
누가 반드시 있는 거여. 하믄

그러니께 내 말은 말이여 자네도
이렇게 자꼬 우지만 말고
거기로 편지를 쓰라 이거여

인자, 편지 그만 보내라고
울 만큼 울어서 눈물 다 말라부렀다고
또 머이냐
인자는 나도 좀 살아야 쓰겠다고

아, 언능 쓰란 말이여

난해한 시를 쓰는 시간

우린 사방연속무늬 벽지의 규칙만큼
완벽하지 못했어. 그게 문제였지

확실한 부재가 믿어지지 않으면
침묵은 뭘 해도 익숙해지지 않아
내일의 길섶에는 잔디 깎는 기계가
고장 나 녹슨 채 널브러져 있겠고

오래된 술집 구석자리까지 들쑤시는
취객의 분노와 발라드의 불협화음 속
술잔에 드는 빛은 쓸데없이 맑은데
마른안주에서 풀풀 오르는 그리움

지금 어디로든지 나서기만 하면
팔 벌리고 바람 맞을 수 있을까

안개와담배연기가뒤섞여지척을분간하기힘든사랑의뒤
안길이라도양껏헤매다보면무엇이나또는어디든결론처럼

닿을수있을까어차피아니라도뭐뭐뭐

오래된 집

오십 년도 더 지난
세월을 걷어내고 찾아간
그 집

추억은 떨어져 나뒹구는 문짝의
잿빛 창호지 구멍으로 빠져나가고
모지라진 담장은 헐벗은 어린 날처럼
아무렇게나 널브러져 있다
그리움은 무성한 풀로 돋아났으나
마를 대로 말라 거반이 부러졌다

죽어라 따라다니던
지긋지긋한 가난도
제 갈 길을 떠난 지 오래

곧 내려앉을 마루 밑에 놓인 늙은 호박
그 반쯤 패인 가슴으로 지나쳤을
저간의 바람들을 생각하며

마음이 묶여 발걸음만 돌렸다

대여섯 걸음쯤 걸었을까
길게 숨을 고르다가
일없이 하늘 치어다보는데
그때서야 눈이 매워왔다

시인 H에게

심장을 헹궈 탈색시키고 싶다
고 했지요. 그럼, 이건 어때요?

우선 바람 많이 부는 거리로 나가요
마주 오는 사람이면 누구든 좋아요
굳이 고른다면 세 번째가 좋겠네요

심장에 대해서 질문을 합니다
나는 58년 개띠예요
라고 말문을 트면 자연스럽겠네요
그쪽이 먼저 심장을 꺼내려 하면
아니라고 나직하게 제지해야 해요
벌써 여러 번 상상했어요. 라면서

약간 침통해하는 그 앞에서
웃음인지 울음인지 모를 표정을
짓는 거예요. 연습이 필요하겠죠
영화 '25시'의 스크린 가득했던 엔딩

안소니 퀸의 그런 표정 말이에요

그리고 얼른 질문 하나만
혹시 남은 탈색제 있으세요?

어때요, 해볼 만하죠?

시인 R에게

오늘은 힌트를 주지 않으려고 해
이를테면 뻔뻔하다거나 빳빳한 종이라든지
구름 사이로 펼쳐진 부챗살 같은 햇빛이
반드시 해야만 하는 일이 무엇인지
하나는 분명해 禁酒나 節酒의 가장 큰 적은
사랑이거나 텔레비전일지 모른다는 것 정도

전봇대는 늘 뻔뻔하다 아니다
그는 그냥 서있을 뿐이었으니까
너는 아무래도 뻔뻔하다 아니다
그냥 네 식대로 살아가는데 뭘
연못에 돌 던지면 정말 개구리가 다친다
보드라운 종이 뒷면이 빳빳할 수도 있다

젊음의 뒷길을 다 다녀보지 않았더라도
네 식대로가 내 마음에 상처를 낸다면
아직 눈물 정도는 충분히 만들 수 있고
볼 따라 주르르르르르르 흘러내리게 하여

시력 나쁜 네 눈에 보이게 할 수도 있어

그러고 보니 이미 힌트를 슬쩍 비췄네
뻔뻔함 그래 그거야 이유는 묻지 마
어때 뻔뻔함을 직접적으로 맛본 기분이
뻔뻔하지 아니, 뻔뻔해지지?

버텨보기

커피 잔에 묻어 이제 말라버렸을
입술 자국을 가늠하며 바라보노라면
지난 봄날은 참 따뜻했어라 우겨도
왠지 세상 모든 이에게 통할 것 같은
편하긴 하지만 좀 쓸쓸한 고집

외로움을 적절히 묻힌 초겨울 바람이
내 어깨를 스치며 한층 차가워진 뒤
갈대밭으로 가 마른 낱말들을 뿌리고
갈 곳이 더 있는 것처럼 서두를 때
오래 기다린 듯 길게 다리 뻗는 노을

한파주의보 내려있는 내일 새벽은
서리가 까치발로 잉잉 울 테고
어둔 세상 거쳐 온 아까 그 바람
이른 아침 슬쩍 문고리 곁에 머물며
달그락 달그락 기척하리라

그러거나 말거나 시침 뚝 떼기

사실은 실패론

조금 일찍 그러니까 아침 여섯 시 직전에 잠이 깨면 비
몽도 아니고 사몽과도 거리가 먼 얘깃거리들이 들쑤시지
예를 들면 후기 조선시대 사랑고백은 어찌 보면 참 어처
구니없었대 말하자면 그대를 은혜하오라니 마치 넙치류
의 바닷고기들처럼 1미터만 자리를 옮겨도 천지가 다 알
게 온갖 뻘물을 일으키는 거지 가리비들은 아예 아가리를
숨 쉴 틈 없이 열고 닫아 모래먼지를 마구 만들며 다가가
고백을 한다지 그럼 우린?

자, 양식당 테이블에 세팅된
질서정연한 집기들처럼 모던하게?

지금쯤 내 아는 모 시인이 거닐고 있을
체코 프라하의 어느 다운타운이거나
에펠탑이 보이는 카페에서나
거기서는 사랑을 눈으로만 말하나
아니면 헛기침으로만?

사랑, 늦기 전에 마무리해야 돼
그래야 뭐가 돼도 되는 거야
그럼 깔끔하게 지금 끝? 글쎄
여긴 개선문도 융프라우도 없어서 말이지

물결

저 먼 어느 아득한 곳에
누가 누구와 살고 있으리

살다 살다 살아가다가
쓴 입술로 물가에 와서
함께 쪼그려 앉아
쓸쓸한 웃음 마주하며
손바닥 물에 대고
찰박찰박 두드렸으리

그렇게 생겨난 물결
한 몇 년쯤 바다를 건너
이 물가로 오면
내 또한 애써 웃으며
손등으로 가만가만 맞으리

2부

곡哭

장모님 빈소에서
가장 서럽게 운 사람은
옆집 아주머니셨다

성님, 나는 인자부터
아침 묵고 나면 어디로 가라고
이래 느닷없이 가버리요

말씀과 울음이 곡진하여
마침내 장례식장이
슬픔으로 메워졌다

울컥 송신

평소보다 일찍 잠을 깨
한참을 멍하다가
문득 투병 중인 벗 떠올리다
오늘은 견딜 만한지 어떤지

전화를 해볼까 하는데
울컥. 하, 시부럴 울컥

그대 아직 삶의 바닥으로
멀쩡한 닻 하나 못 내리고
여울에 이리 휘둘리는가

걸어온 길도 비탈이었는데
우리는 얼마나 더
흔들려줘야 한단 말인가

김백식 傳

오십도 못 넘기고 죽은 김백식은 내 친구다

한잔 걸치면 늘 하는 제 말로
제우시* 초등학교 문턱만 넘고는
도시로 내동댕이쳐져서
까까머리로 시작한 공장생활

우찌우찌 비슷한 여인네 만나
아들 둘 낳아 학교 보내자니
도저히 짜쳐서** 안 되겠더란다

퇴직금 몽땅 붓고 3백 빌려 1톤 반짜리 트럭 사고
동대문표 총천연색 싸구려 다섯 보퉁이 도매로 떼서
골라 잡아 이천 원, 말 잘하면 삼천 원 하다가
배고프면 소주 반병 나발 불고

한 사오 년 그래 살다가 갔다
간암이 데려갔다 씨바

죽기 사나흘 전 문병 갔더니
아, 씨바 내 간이 땐땐해졌다네***
상출아, 땐땐해지모 좋은 거 아이가? 낄낄

과일장사 하면서 수박 밭떼기 샀다가 폭삭하고
홧병으로 뒤따라간 불알친구 강주식이랑
거기서도 점백짜리 고스톱 치면서
이마빡에 핏대 세워 싸우고 있는지

니 말대로 나는 훌륭하고 좋은 친구니까
명절이면 가끔 니 생각해준다 씨바

* 제우시 : 겨우.
** 짜치다 : 돈이 부족하다, 곤궁하다.
*** 땐땐하다 : 딱딱하다, 단단하다.

부끄러운 일

나는 김태정이 죽은 뒤에야
김사인의 시를 읽고
그런 사람이 있었음을 알았다
『물푸레나무를 생각하는 저녁』*도
그 후에 사서 읽었다

생전에 그미를 알았대도
뭐 크게 할 일은 없었을 터인데
그게 그리 억울할 수가 없다

다만, 아니 꼭 그랬었다면
그냥 여행길에 지나는 것처럼
미황사라도 한번 들러
그미가 들릴 만한 발치에서
아, 절집 참 좋네 했을 건데

'슬픔 너머로 다시 쓸쓸한
솔직히 말해 미인은 아닌

순한 서울 여자 서울 가난뱅이
태정 태정 슬픈 태정
망초꽃처럼 말갛던 태정'**

그미처럼 사람이 맑으면
가난도 막 투명해진다는데
흐린 몸과 마음 거느린 채
난 아직 자알 살아가고 있다

* 김태정(1963~2011)의 처음이자 마지막 시집.
** 김사인의 시집 『어린 당나귀 곁에서』에 실린 시 「김태정」에서 따왔다.

엑스트라 傳

하루 열 번쯤은 죽어줘야
간신히 먹고 산다는

마당에서 뒤꼍에서 골목에서
아아악 으으윽 으어억
다시 벌판에서 끄어억 거꾸러지는

누군들 명배우 못 될쏘냐
장롱 속 소 판 돈 들고
서울행 밤차 탔던 먼 날
밤이면 자주 떠오른다는

여러 번 잘 죽기 위해
오늘도 승합차에서 꾸벅거리다
저만치 세트장이 보이면
신발 끈 단단히 고쳐 맨다는

명함에는 '단역배우 김 중 달'

또렷이 새겨져 있다는

풍기중에는 하늘이가 있어요

원하지는 않았지만 어찌어찌
풍기중학교 3주짜리 임시교사가 되어
첫 수업 하던 날
이놈이 2분 늦게 들어왔다
'이하늘, 왜 늦었어' 근엄하게 묻는데
숨을 할딱거리며
'놀다가요…' 이런다
그러고는 날 빤히 보는데
햐, 고놈 눈이 참 맑다

어허, 입술도 빨갛게 바르고
손톱 봐라 매니큐어도 칠하시고
으흠, 눈썹도 살짝 그리시고
고놈 교칙을 알차게도 어겼네
너 꿈이 뭐냐? 물으니
'없어요, 아직은 없어요'

이 정도면 요놈 밉상이겠지요

하지만 하늘이는 나쁜 애가 아니에요
그냥 맑은 아이일 뿐이죠
또래 아이들이 다들 가지고 있는
적당한 예의나 행동수칙이 아직 없는
맑디맑음 말이지요

어제는 복도를 지나는데
'쌤, 쌤' 다급히 불러놓고는
손을 보이며 '매니큐어 지웠어요' 하기에
입술은? 했더니
'헤헤, 거기까지는 아직'이래요

이러니 미워하지 못하겠죠
며칠 뒤면 근무가 끝나는데
이놈 웃는 얼굴 자꾸 떠오르겠죠?

삼길씨 일기

점심 묵고 배추바테 로타리를 치는데 언덕 우에 굿당으로 기도 왔던 인간드리 산타페를 돌려서 갈 끼라고 밭 한 귀퉁이를 조져낫다 하마 세 번째다 어찌나 썽이 나던지 마구 해댓따 그넘들이 대뜸 얼마면 되요 이칸다 그래 내가 돈 바다 묵을라고 하는 말이 아니자나여 내 밭가치 중허게 여기란 말이제요 그랫더니 그 쌍노므새끼덜이 그럼 됫네 하믄서 그냥 갓따

대식이 마누라 1

환갑을 서너 해나 앞둔 서방 간암으로 죽고 당최 사는
맛도 밥맛도 없어 방 안에 멍하니 앉아 굶기를 밥 먹듯 하
는데 윗집 숙이 어매 내려와서는 우짜겠노 자식들 생각해
서라도 산 사람은 살아야제 하면서 상추 씻고 된장 떠서
주먹만 하게 쌈을 싸주기에 그래 이러면 안 되겠다 싶어
고개 들고 입안에 넣으려는데 벽에 걸린 서방 사진이 빙
그레 웃더라네 서너 번 씹는가 싶더니 숙이 어매 저 양반
은 벽에 걸려있는데 내가 이래 볼때기 터지도록 상추쌈을
묵고 자빠졌네 하며 미친년처럼 울었대나 웃었대나

대식이 마누라 2

허구한 날 술에 절어 있다 간암 걸려 죽은 대식이 세 번째 제삿날 저녁에 마누라는 또 너저분한 말을 들었다

읍내 사는 시고모가 와서 칠순이 넘은 동네 이장하고 바람났더라는 소문을 장사설로 풀어놓더니 니가 행실을 똑바로 하면 우예 이래 드런 소문이 나것냐면서 혀를 몇 번 차더니만 휑하니 가버렸다

복장 터지고 숨 막혀 가슴 픽픽 두드리다 에라이 씨부럴 이참에 참말로 바람이나 한번 피워볼까 하던 중에 하마 서방 죽기 서너 해 전부터 말라버린 몸뚱이를 내려다보며

넋 나간 년처럼 깔깔 웃었다나 뭐라나

박승민

흰칠하기보다는 위태에 가까운
거의 뼈로만 이루어져 있을 법한
그이의 긴 몸 저 안쪽에
도사리고 있을 법한 슬픔은
당최 가늠하기 힘들다

두 무릎 가지런히 세우고
뒤꿈치에 엉덩이 딱 붙이고 쪼그려 앉아
담배연기 오르는 쪽으로
물끄러미 하늘 한번 치어다보면
사위가 고만 쓸쓸해진다

휘적거리는 걸음걸이가
늘 불안하지만
뼈마디마다 슬픔이 붙어서인지
삐거덕 소리는 간신히 나지 않는다

이성재에게

'그래도 인마, 나는 중학교 문턱은 밟아봤다'고
술만 취하면 힘주어 말하는 내 친구 성재야
아니, 네 이름을 스스로 말할 때마다
이성재 이성재하는 이성재야
육십 중반에 아직도 날품 팔러 다니다보면
'씨바 스텐레스 존나 쌓인다'고
지난달 계모임에서 닭발 뜯으며 말했지
내가 스트레스보다 더 쎈 것이 스텐레스라고
너 언어구사력이 참 대단하다고 했더니
'새끼, 뭐 그 정도 가지고 그러냐'고
소주잔 들며 어깨 으쓱거리던 이성재야

오늘 어쩌다 두 시인과 행사장 가는 길
농담 중에 '스텐레스'라고 네 말을 썼더니
두 양반이 고만 뒤집어지더라

대단한 내 친구 이성재야
오늘 너는 너도 모르는 사이에

이 먼 경상북도 안동 땅에서
꽤 잘나가는 시인 두 명을 뒤집어 놓았다

허수경

내캉 국립 경상대학교 82학번 동기
지는 국문과 난 국어교육과
전원문학동인회 문학 동아리에서
함께 시 쓰고 술 마시고 그캤는데
팔년 늦깎이 대학생인 나에게
아저씨 아저씨 하며 많이 따랐었는데

어느 날 지는 엄청 유명한 시인이 되고

한번은 만나 옛이야기 나누고 싶었는데
내게는 늘 스무 살짜리 쪼맨한 가스나였는데
즈그 과 동기 서넛하고 정말 시 잘 썼었는데

안즉 많이 더 살아야 할 나이인데

허 시인,
우리 해후는 생전에 못 했으니
먼저 간 자네가

막걸리 받아놓고 좀 기다리게

아 참, 그리고
'즐거움만 한 거름이 어디 있으랴'
이 제목으로도 시 한 편 써놓게

3부

제비꽃

삼우제 지내느라
주과포혜 올리고
장모님 새 산소에
엎드려 절하는데
납작한 흰 제비꽃
이마에 닿았다

키 작던 장모님
치맛자락 같은 꽃

피붙이들의 흐느낌이
무덤 옆 비탈진 언덕으로
끊어질 듯 흐르는 사이
장모님께 바쳐야 할
내 슬픔의 적당한 무게를
꽃이 일러주다

물끄러미

우수 지난 지 닷새
햇살 좋은 열한 시
맨발로 마루에 앉아
해바라기를 하다

발을 만지작거리고 있는
손, 늙어가는 손을
물끄러미 본다

거기로 만져온 세월들
손금 따라 가늠해보는데
끝끝내 잡을 수 없었던
그러한 것들 많았으리

저기 먼 산 위로 흐르는
말간 구름 한 점
그도 물끄러미 본다

형님의 언어

나와 띠동갑인 셋째 형님은
초등학교를 일 년 남짓
그리고 야학 일 년
어린 내내 꼬마머슴으로 사셨다

그래서 받침이 좀 서툴러
대학까지 나와 선생질 하는 나를
늘 어려워하신다

가끔 들러 얘기를 나누다보면
형님은 내 말을 아껴 들으면서
늘 방바닥의 먼지를 주우신다
삼십 분쯤 지나면
형님 앉은 주위는 말갛다

방바닥의 먼지를 자꾸 줍는 것이
내게 하시는 형님의 언어다
그래서 나는

형님에게 왜 그리 먼지를 줍는지
물어본 적이 한 번도 없다

형제의 언어

햇살이 직통으로 쏟아져 내리는
열한 시 어름 거실에 앉아
손바닥을 빗자루 삼아
버릇처럼 방바닥을 쓸었다
한참 그러다가 거참,

'형님의 언어'를 제목으로 붙여
시를 쓴 지 일 년 남짓
내가 형님 흉내를 내고 있다
속으로 킬킬 웃으며 또 쓸었다

웃다가 먹먹해졌다
아, 이런 심정이셨겠구나

일주일 뒤 설날에 형님을 만나면
오랜만에 이런저런 얘기나 나눌까
생전의 부모님 얘기라면 더 좋고
형님은 먼지를 자꾸 주울 것이고

나는 손으로 방바닥을 쓸 것이고
그러다 눈이라도 마주치면
슬며시 웃어보는 건 어떨까

만약

술을 더 이상 못 먹게 되면

병장 계급장 달고 마지막 휴가 나와
부산 용두산공원 아래 고갈비 골목
소주잔 거우른 뒤 발라먹던 꽁지 뼈

대학시절 문학동아리 합평회 뒤풀이
학교 담벼락 옆 선술집 긴 탁자에서
안주 없이 마시던 외상 막걸리

첫 발령 받았던 시골 벽지 공업고등학교
신입교사 환영회 자리에 나왔던
맥주와 산낙지의 부자연스럽던 조합

광화문에서 촛불로 시린 손 녹이다
포장마차에서 시국을 삿대질하며
우걱우걱 씹어대던 닭똥집과 소맥

들이나 떠올리며
정신 나간 놈처럼 실실 웃으려나

부끄러움

'부끄러운 밑천'은
내 첫 시집 제목이다

어제 『부끄러운 밑천』 200부를 또 받았다
이래저래 나눠주다 보니 모자라
보름 전에 130만 원 주고 주문했던

이미 나누어준 300권의 '부끄러운 밑천'은
일 년 반 동안
어느 곳에서 무얼 하고 있을까

바람으로 눈물 말려야 하는
울음 참아내다 목젖이 아픈
사랑을 위해 사랑을 끝내야 하는
추운 가슴들에게
홑이불 한 장 치레도 못 하고
하릴없이 먼지나 쌓아가고 있을까

윤동주의 「서시」를 처음 읽을 때나
대학시절 첫 시를 쓸 때나
시는 늘 내게 부끄러움을 들이민다

징검다리

시조부께서 옹색한 살림에
집 한 칸 마련할 요량이었는데
도무지 여력에 닿는 터가 없어
마을 앞 도랑 건너 산자락에
곡괭이질을 시작하셨단다

비 내리는 시늉만 하여도
신발 벗어 들어야 가는 집

사시는 내내 한으로 맺혀
돌아가시자 징검돌로 굳으셨고
시조모도 그 뒤를 이어 하나
시부모님이 또 둘을 남기시고
먼저 떠난 늬 아부지도 하나

내 죽어 마무리하리라던 말씀대로
어머니 여섯 번째 돌이 되어
징검다리 완성되었다

연간계획

삑삑거리는 마찰음에 진저리치며
세 바퀴 반쯤 돌려야
내용물을 만날 수 있는
오래된 보온병 같은 몸뚱이

막걸리는 일주일에 두 번만
한 번에 두 병 이하로
라고 연간계획을 적는다

실행의 성패를 떠나서라도
아쉽고 슬픈 일이 분명하건만
남은 날들을 손바닥에 올려놓고
하나 둘 헤아려보노라면

그로 되었다
되었다 치자

혀 차는 소리

암만 노력해도
안 되는 일 있다

그중 하나
어머니 혀 차는 소리 따라 하기

동네 궂은 소문 들으시면
어김없이 끌끌 혀를 차셨다
그 소리 그냥 끌끌은 아니었다
짠한 표정과 딱 맞아 떨어져
목청 저 안에서 울려나오던
맑고 맑아서 슬픈 소리

로드킬 당한 주검들을 보면
나도 끌끌 혀를 차보는데
새어나오는 소리는 매양 쯧쯧
한참 어림없는 소리

먼 곳

너무 멀어
가기 힘든
곳이 있다

오래 전부터
거기에
네가 있다

끝순네*로 띄우는 편지

술병으로 닷새째 처가에 요양 중인데
술벗 셋 끝순네서 막걸리 추렴한다니

봉화군 소천면 갈산로 802 처가에서
영주시 영주로 265번길 3 끝순네까지
47km 38분 소요된다 하는데
아득해라 참으로 아득하여라
이렇게나 막막한 거리였으니

짜글거리며 김 오르는 찌개 올리고
두 번째 쪽방에서 첫잔을 거우를 시간
나는 하릴없이 거실을 서성거리는데
식탁 위에 놓인 자동차 키가
가끔은 슬퍼 보일 수도 있으니

지금쯤에는 불콰해진 일하 시인이
아줌마 꽁치구이 한 접시요~
아직 덜 취한 우출 공은 당연히

소주도 한 병 더요 할 것이니

중저음 목소리로 가만가만 다독이며
공수처법 선거법 통과 자축하자고
양은 막걸리잔 부딪히는 손목 위로
서각 선배 맑은 흰머리도 보일 듯하니

* '끝순네'는 영주시에 있는 유명하고 오래된 그리고 멋진 또 엄청 싼 술집
  이름. 주인 이름도 끝순네.

막걸리 석 잔

미운 사람도 용서가 되는
온 세상이 마구 아름다워지는
내가 썩 괜찮다고 생각되기도 하는
헝클어진 일들이 어느새 다 풀려버리는
한량없이 너그럽고 착해지는
천만 물욕이 자취를 감추는

무엇보다
그 무엇보다도
기분이 이래 좋아지는

4부

오후 풍경

과음한 뒷날 열두 시 어름
선배와 짬뽕으로 속을 달래고
담배 한 개비 다할 동안
소소한 이야기 두엇 나누다

짬뽕집 옆 호박밭에 내리는
그득한 초가을 햇살
실눈으로 가늠하며
이즈음까지 살아낸 것들 경외하다

돌아오는 길섶에 차를 버리고
티 없이 푸른 하늘을 걷다가
마구 흐드러진 코스모스로
와락 마음 쏠리다

벼이삭 익어가는 봉화역 부근
12시 20분 영주발 정동진행 기차
철거덕거리며 느리게 꼬리를 감추자

기적 소리 들판에 길게 눕는다

불행하지는 않으니
행복이라 우겨보고 싶은
2019년 10월 초입

처가에서 쓰는 시

모월 모일 오전에
시골 처가에서
일하 시인의 시를 읽다

그 집 바지랑대에 매인 빨랫줄에는
자주 별이 널리기도 하고
가끔은 산을 올려놓기도 한다는데

여기는 어떤가 슬쩍 내다보니
나무에 묶인 빨랫줄 곁으로
꽃사과나무 새순 돋아 있다
손톱만 한 잎에 연두색이 난리다
그리로 봄바람 지나다닌다

그것으로 되었다

하는 일

처갓집 마당에 막 피어났다가
꽃샘추위로 냉해를 입은 목련
갈색으로 며칠째 처져있더니
지난밤 거센 바람에
모조리 떨어져 널브러졌다

하나하나 주워 모으고 있는데
곁에서 막 올라오고 있는
싱싱한 튤립 꽃대

망할 날씨라며 투덜거리는 건 나의 일
욕을 들어도 꼭 오는 건 꽃샘추위의 일
냉해를 입어도 피어나는 건 목련의 일
다 알면서도 꽃대 올리는 건 튤립의 일
내년을 걱정하며 혀 차는 건 아내의 일

가을을 보내는 방법

가을이 좀 멀어진 즈음에
강원도 인제에 갈까 합니다
느티나무 아랫도리에 단풍 몇 남아
11월과 한담을 나누고 있겠지요

그런 길을 한참 가다보면
인제읍 동물병원에 다다라
안경 쓰고 머리 헝클어진 수의사
아니, 시인 강규 씨가 어서 오이소
하면 둘은 서로 실실 웃겠지요

병원 현관에 출장중 팻말 걸고
박인환문학관에 들렀다가
막걸리 몇 병 사고
사모님 드릴 꽃다발도 챙겨
늦둔지길 149로 가겠지요

뒤꼍에 쳐놓은 텐트에 불 밝히고

난로 피워 돼지찌개 데워서
밤 이슥하도록 술 마시다가
슬쩍 나와 하늘 한번 치어다보면
별이 꽉 차서 막 쏟아지겠지요

새벽에 일어나는 주인 때문에
아침잠은 좀 설치겠지만
눈 비비며 해장국 후루룩 뚝딱한 뒤
사모님 담에 또 뵙지요 하고 나서면
올 가을도 잘 보낸 셈이 되겠지요

늦가을

비탈밭
생강 캐는
늙은이

새참 막걸리
한 사발
출렁이는
목젖 너머

처절하게
붉어가는
참나무
단풍

삼월 초하루

겨울을 지나는 동안 무는
버텨낸 세월만큼 속을 비우는데
모두들 바람 들었다 한마디씩
형체도 없는 바람이 그랬다나

맘 너른 홀아비 창석 씨는
과부 삼순네 밭고랑 만들어주다
바람났다고 삼동에 소문이 자자
뵈지도 않는 바람이 일을 냈다나

사람들은 뭐든 애매하면 늘
바람을 데려다 무릎 꿇리고
입방아 찧고 주리를 튼다

그러거나 말거나
오늘은 삼월 초하루니
봄바람은 살랑거려야 제맛

立春帖

얼풋 든 쪽잠 깨어
손전화기를 열자
立春大吉 建陽多慶
많이도 보내오셨다

사과 한 입 베어 물고
마루 끝에 걸터앉아
실눈으로 해바라기하는데

햇살
따시다
참 따시다

이보다 또렷한 立春帖
어디 또 있으리

구구 팔십일

동짓날
여든한 송이
꽃 달린 매화나무를 그려
들창 가에 걸어두고
하루 한 송이씩
붉은 꽃심 그려나가다
마지막 송이 채운 다음날
창문을 들어 올리면
그림과 꼭 닮은 풍경이 펼쳐진다는

워―매, 고것이 참말이었구먼!

구구 팔십일
치운 날 고이 껴안고
꽃잎 하나하나 눈에 넣고
꽃심 가슴에 새겨가며
그렇게 기다리는 것
꽃은

몸국

제주에는 몸국이 있어
모자반이라는 해조류가 주재료인데
돼지고기와 내장까지 삶아 우린 국물에
모자반을 넣고 푹 끓이다가
메밀가루를 슬쩍 넣어주면
국물이 걸쭉해진다누만

이른 아침 지끈거리는 머리와
쓰린 속을 거느리고
제주시 삼도2동 순이식당에 가서
아직 60대라고 우기는 옥자 씨가 디미는
몸국을 온몸으로 맞이하면
몸국이 그런다네
몸 생각해서 술 좀 엔간히

바다 속에서 해를 그리며
손발 흔들어 유영하던 모자반이
똥밭에 뒹굴던 흑돼지를 만나

몸국이 되었다는데
본시는 몸국이라네
몸은 마음과 이웃지간이라서
몸국 먹으면 마음까지 풀리겠네

어떤 만남

6년 만에 거제에 내려가
회포를 핑계로 과음하고
벗이 끓여낸 술국 홀짝이며
밤새 골골하던 속을 달래다

기약해봐야 헛된 훗날
그러려니 하고 서둘러 나서며
자, 또 봅시다. 그럽시다.

아직 찬 기운 남아도는
아파트 모서리를 비키다가
눈에 뜨인 모과 한 알
나무에서 금방 떨어진
아기 주먹만 한 노란 가을

차 안에 모시고 돌아오는 길
나는 듯 안 나는 듯
맑고 슴슴한 거제의 가을

>

어제 봉화 현불사에 들렀더니
서두르는 가을은 꼬리만 남고
입구에 한창 물든 은행나무 잎
두 장 주워 모과 옆에 놓으니
차 안이 가을로 꽉 차다

350킬로미터를 걷어내고 만난
두 가을

히말라야시다를 보다

풍기중학교 교무실 창가에 서면
히말라야시다 나무가 우뚝합니다

족히 백 년은 된 듯한 어른이
곧은 삼지창 모습으로
하늘을 향해 서있지요

줄기가 잘리면
옆에서 나온 가지가
다시 하늘을 향해 꼿꼿이 서서
기억에도 가물가물한 먼 고향
히말라야를 가늠하는지
보고 있으면 저릿저릿합니다

굵은 줄기 곳곳에
오래 전에 잘려나간 가지의 자국이
조금은 쓸쓸하지만
그 흉터에 이름 모를 풀씨를 받아

싹을 틔우도록 두는 걸 보면
고개를 끄덕일 수밖에요

사는 게 힘들어 울고 싶거나
삶이 뭉텅 잘려나갔다 싶으면
풍기중학교 교무실 왼쪽 창가에서
히말라야시다를 보세요
비 오시는 날이면 더 좋겠지요

버들강아지

설 나물 반찬으로
늦은 점심 때우고
입춘 맞아 산보 나서다

찬바람에 옷깃 세우고
얼음 깔린 냇가를 걷는데
도톰해진 버들강아지 솜털
햇살 받아 가득 눈부시다

내 추워 웅크리고 있는 동안
때맞춰 벙글어질 요량으로
얼어가는 제 살 때리며
뚜벅뚜벅 한 걸음씩 걸어
오늘까지 왔을 것이다

나 빼고는
세상이 다 그렇다

5부

신동엽문학관에서

그이가 목청 돋워 사라지라 했건만
50년도 넘는 지금까지 결단코 버티는
껍데기들을 떠올려본다
모오든 쇠붙이들을 헤아려본다

그러다 오진 꿈 한번 꾸어본다
분단도 언론도 검판사도 갑도 을도
재벌도 정치꾼도 수꼴 좌빨도 없는
깨끗하고 푸른 나라를

나는 기꺼이 쉬지 않고
저어기 남태평양 부근 어디쯤에
3억 8천만 년 동안 한 삽씩 쏟아부어
향그러운 흙가슴만 가득한 땅 마련하고
부끄러움 빛나는 아사달 아사녀들
이별의 아픔을 아는 견우와 직녀들만
소중히 모셔다 살게 하는 것이다

더럽고 냄새나는 이 땅에서는
저것들과 내가 죽을 때까지
악다구니로 싸우며 분탕질할지니

부디 그곳에서는
팔뚝에 일렁이는 힘줄과
이마에 맺힌 땀방울만 빛나는 나날
끝도 없이 오래오래 이어가기를

* 신동엽의 시 「껍데기는 가라」에 의지했다.

나도 기도 한 번

봉화에서 영주 가는 4차선 초입
양쪽으로 노랗게 물든 싸리나무 잎
떨어지면 잘 썩어 좋은 거름 되길

『영주작가 10호』 84쪽과 85쪽 사이
납작하게 압사당한 개미 한 마리
다음엔 인간으로 태어나 호사 누리길

고무줄 늘어나 십 년을 입다 버리는
순면 100% 줄무늬 사각 팬티
스카프로 환생해 멋진 아가씨 어깨에 얹히길

36번 국도 울진 24km 지점 길바닥
꼬리털 햇빛에 반짝이는 주검 하나
부디 자동차 없는 세상에 태어나길

나도 이렇게 기도하다 보면
일제 강점을 거부하며 죽어간

젊고 잘 생긴 어느 시인이 그랬듯이
'모든 죽어가는 것을 사랑하'는
그 깊고 큰 기도 근처에 갈 수 있으려나
망측한 생각을 해보는
2018년 가을 초입

나도 애국 한 번

어느 일본 영화에서
히치하이킹 하던 젊은 사내가
주인공인 중년 여인의 질문에
고향이 홋카이도라 한다

홋카이도 홋카이도 되뇌다 나도
사는 곳이 함경도 흥남 쪽이거나
평안도 신의주 부근에서 온 사람을
내 차에 태워봤으면 좋겠다
이런 생각이 들기 시작하면서
목이 메었다

그러다가 또 초등학교 때 배운
우리나라 제일 추운 곳 중강진
그래 그 중강진 어디쯤에서
두툼한 솜옷 입고 감자를 굽거나
삼지연 맑은 물에 발 담그고
피라미 매운탕 안주 삼아

막걸리 추렴도 해보고 싶다는
생각에 이르자 막 눈물이 났다

왜 우리만 이래 하면서
혼자 씨바 씨바 하면서
한참을 울었다

선善의 속성

120회짜리 드라마를 위하여
선은 늘 고통 받아야 한다
악으로부터 괴롭혀지고
흉계를 번연히 알면서도
늘 속수무책으로 당하고
팽개쳐지고 무너져야 한다

그리하여 셀 수 없는 고통과 좌절을
119회 내내 맛보며 울고 쓰라려야 한다

보라 마지막 회에 이르러 선은 이긴다
악은 많은 걸 잃고 참회의 눈물을 흘리지만
오래 속죄할 필요는 없다
선은 늘 선하기 때문이다
애잔한 눈빛으로 고개 몇 번 주억거리며
악에게 던지는 용서의 말 한마디면
지난했던 드라마는 해피엔딩이다
선의 본질이 선명하게 드러난 것이다

>

119번을 피 터지게 얻어맞다가
한 차례 어루만져주는 것으로
선은 이겼다고 하는 것이다

나는 결코 용납할 수 없지만
내 용납과는 아무 상관이 없다

가을, 정읍 들판에서

환장하게
푸른
하늘
아래로

가슴
꽈악
메워오는

저
찰지고
힘센

누런
출렁임

시발論

조선 효종 원년 시월에
한양 묵적골 허생 옆집 살던
외거노비 배 서방
눈에 넣어도 안 아플 둘째 딸
주인 영감 날름 첩실로 앉히며
던져준 엽전으로 장리빚 갚고
딸랑 남은 몇 푼으로
탁배기 서너 잔 걸친 뒤
휘적 휘청 돌아오는 길에
앞서거니 뒤서거니 따라오는
초사흘 눈썹달 치어다보며

에이, 시발

시발의 始發이었다

씨발論

조선 고종 31년 정월
전라북도 고부관아 아랫동네 살던
소작농 천 서방
작년 여름 등골 휘며 지어낸
일곱 식구 입에 풀칠할 벼 석 섬
관아에 수세로 몽땅 빼앗기고
군수 애비 비각 건립비로
씨나락까지 홀랑 훑어가던 날
속 천불 나는 장삼이사 모여
술청에 막걸리 욕질 낭자하다가
서늘한 눈빛 주고받은 뒤
반잔 남아 있던 술상 엎어버리고
헛간에 걸린 곡괭이 내려
튼실한 자루 꽉 움켜잡으며

에이, 씨발

시발이 始發하고 이백사십오 년 뒤에

'ㅅ' 하나 더 붙어 씨발 되다

안다는 것

칠십 초반 선배의 제안으로
육십 대 중후반 넷을 더해
다섯의 술자리가 벌어졌다

술이 무르익을 무렵
마른기침이 좀 잦아서
어디 아픈지 아님 감기인지
육십 대에서 누가 물었다

잠시 천장을 치어다보더니
내가 병원에서 진단을 받았어
숩게 말하모 폐가 굳어진다는 거라
잘하모 삼 년은 산다카네

덤덤하게 뱉어놓고
넷이 적당한 말을 주워 모으려
머리를 마구 굴리고 있는데
비싯 웃었던가 암튼 그러고는

소주잔을 들었다

안다는 것은 어떤 의미일까
죽음을
미리 안다는 것은

벚꽃 Anding

2020. 02. 11

영하 12도로 떨어진 아침
올겨울 들어 처음으로 꺼낸
두툼한 파카 안주머니에서
아직 빳빳한 티켓 다섯 장 나오다

2018. 12. 22(토) 오후 4시 1회차
문학평론가 권오현 쾌유 기원 콘서트
11번~15번 입장료 각 2만 원

'기적은 선택에서 나온다'는
주제를 결국 자전적으로 만들어놓고
그대 지금 어디를 걷고 있는가

달포 뒤면 벚꽃 만개할 터인데
이제 그만 돌아오시라
코앞도 안 보이는 안개 속에서
잡힐 것 없는 자맥질 그만하고
빨리 오시라

* '벚꽃 Anding'은 문학평론가 권오현의 단편소설 제목이며, 그의 쾌유 기원 콘서트 제목이기도 하다. '기적은 선택에서 나온다'는 그 소설의 슬로건이다. 그는 2018년 지방선거 개표 결과를 보던 중 쓰러져서 지금까지 의식이 없다.

붕어빵

인원감축과 의원면직 사이에 놓인
아슬아슬한 줄 위에서
두어 해를 휘청거리다가
그만 내려 땅을 밟기로 했다
배운 도둑질이 없어
굽기 시작한 붕어빵

빵틀 주위에 잘못 떨어져
황토색을 거쳐
카멜색으로 변하다가
결국 까맣게 타들어가는
반죽 한 방울처럼
그이의 삶도 그쯤일까

삶을 떼어내듯 떠나보낸
수천 마리 붕어들은 지금
눈 내려 쌓이는 어둑한 도시
어느 골목에서 비늘을 털며

누렇게 유영하고 있을까

빈 밭

쇠파이프 말뚝에 붙은 팻말
'개인 소유지, 경작하지 마시오.'
명아주 풀만 무성한 밭 2천 평
가뭄에 풀들도 축 늘어졌는데
들깻잎 한 장 가꾸지 못하게
말뚝 박아 내쳐놓고
이행강제금* 꼬박꼬박 물어가며
무풍 에어컨 쾌적한 사무실
느긋하게 에스프레소 마시면서
아이슬란드 간헐천 물기둥처럼
땅값 치솟기를 바라는 어떤 이에게

여기는 그 좋다는 자본주의
그러니까 돈 많은 너는
더 많이 벌어라. 그리고
부디 오래오래 잘 살아라

그러다 죽어 저승에 가서는

2천여 평 남짓한 빈 밭에 무성한
명아주 질긴 뿌리 해종일 뽑으며
집도 절도 없는 거지로
딱 3만8천 년만 살아라

* 농지의 소유자가 농사를 짓지 아니하면 농지를 처분하도록 하고 이를 이
  행하지 않을 경우 이행강제금을 부과하는 농지법 규정.

음모論 사기劇 그리고 show

이름이 乙인 사람이 몸살로 일 못 나가고 보름 만에 쉬면서 하루 종일

텔레비전을 시청한 뒤에 그 소회를 '어쩌라고?'라는 제목으로 쓴 일기

약자와 乙을 더 조지고 굴복시켜 근성이나 저항력을 뿌리째 뽑아낸 다음 인형극의 연기자처럼 멋대로 부리려는 음모나 사기, 배신이 기본으로 깔린 드라마나 영화를?

즈네들 말로 조금 떴다 하면 개념이나 상식의 유무는 제쳐두고 거의 모든 프로그램에 얼굴을 디밀게 하여 보다 지쳐 역겹게 만드는 연예인들을?

채널의 2/3를 점령해서 우리 조상 할머니가 곰이 아니라 돼지였을지 모른다는 의심을 갖게 만드는 먹방과 그들이 먹어대는 인간이기를 포기한 엄청난 식사량과 고급진 음식들을?

연예인들끼리 삼삼오오 모여 한적한 시골이나 바닷가에서 하는 일 없이 밥이나 해먹는 삼시세끼를 우리더러 직장 내팽개치고 따라하라고? 아님 열불 내다 죽으라고?

입술에 침도 안 바르고 나온 쇼호스트가 우리 할머니 어머니들 김치며 청국장 등 세계 최고의 유산균을 만들어 먹이셨다 해놓고 뜬금없이 덴마크제 유산균을 사라는 홈

쇼핑을?

이틀 만에 중국을 거쳐 베트남 태국 그러다 하와이를 지나 유럽까지 다니며 맛난 것만 골라먹는 그들을 따라하라고? 방송국에서 비용 대주려나? 아니면 걍 약 올리려고?

빌리는 삯이 엄청난 배를 타고 카메라 대여섯 대와 드론까지 띄워놓고 해종일 웃고 떠들며 잔챙이 서너 마리 낚시질하는 '도시어부'를 보며, 늬들은 깡소주 병나발이나 불라고?

대놓고 일본 편들고, 죄짓고 감옥에 간 것들 안타까워하며, 재벌들 甲들 검판사들만 싸고도는 쓰레기 같은 몇몇 채널들과 그걸 허가 내준 놈을?

한물간 연예인의 폼 나는 일상이나, 세상 멋지고 돈 많이 드는 곳만 골라 다니며 귀여움 떠는 유명인의 어린애들 행동거지를 낱낱이 보여주면서?

지들 삶도 제대로 못 챙기는 방송인 예능인 체육인들 여남은 명씩 불러놓고 시청자들 속사정 달래주고 고민을 속 시원히 풀어준다 해놓고 지들끼리 수다만 떨고 있는데?

친절하고 배려심 깊고 재치 있고 재능이 하늘을 찌른다

는 소위 국민엠씨들은 간도 쓸개도 사회적 정의감이나 개념은 눈 씻고 봐도 없는데, 웃기고 재밌으면 다 된다고?

시인의 말

그간 보아왔던 많은 시집의 '서문'들처럼,
나도 좀 그럴싸하고 멋진 변을 남기고 '싶었다'.
'싶었다'라는 말에는 누구나 아는 뜻이 이미 있다.

첫 시집의 제목이 '부끄러운 밑천'이었다.
아직 거기에서 반 발자국도 못 나아가고 있다.
하지만 나는 끊임없이 나아가고 '싶다'.

그런 나를 나아가도록 늘 채근해주는
한국작가회의 영주지부 식구들에게 진한 고마움을 전
한다.
막걸리로 이 말의 진정성을 증명할 것이다.

김상출 시집
다른 오늘

초판 1쇄 발행 2020년 11월 9일

지은이 김상출
펴낸이 오은지
책임편집 변홍철
펴낸곳 도서출판 한티재 등록 2010년 4월 12일 제2010-000010호
주소 42087 대구시 수성구 달구벌대로 492길 15
전화 053-743-8368 팩스 053-743-8367
전자우편 hantibooks@gmail.com 블로그 www.hantibooks.com

ⓒ 김상출 2020
ISBN 979-11-90178-42-6 03810

이 도서의 국립중앙도서관 출판예정도서목록(CIP)은 서지정보유통지원시스템 홈
페이지(http://seoji.nl.go.kr)와 국가자료공동목록시스템(http://www.nl.go.kr/
kolisnet)에서 이용하실 수 있습니다. (CIP제어번호: CIP2020044516)